CONTOS CRISTÃOS

VOL. II

RL
Produções literárias

Referências bíblicas

Prefácio

Ser um verdadeiro cristão é muito mais do que um título, é muito mais do que seguir um conjunto de regras, é muito mais do que as aparências.

Ser um verdadeiro cristão é reconhecer a dependência de Deus em todas as coisas. Reconhecer a necessidade de estar com Ele, e reconhecer o quanto Deus é maravilhoso.

Aqueles que conhecem a Deus verdadeiramente mantêm sua fé na providência divina e, ao mesmo tempo, sabem sua responsabilidade para alcançar uma vida plena e feliz.

O verdadeiro cristão está sempre disposto a seguir o bom caminho. Ele sempre pensa naquilo que Deus se agrada e busca isso com todo o coração.

Seguir este caminho não é uma tarefa fácil, pois, sempre há influências contrárias. Mas aquele que tem Deus tem a força, a resistência e a vitória.

Índice

Este é o casamento dos meus sonhos?

"Do mesmo modo vocês, maridos, sejam sábios no convívio com suas mulheres e tratem-nas com honra, como parte mais frágil e co-herdeiras do dom da graça da vida, de forma que não sejam interrompidas as suas orações." (1 Pedro 3:7)

Uma mulher branca com pele bronzeada, com cerca de trinta e cinco anos, estava sentada em uma cama de casal. Ela vestia uma camisola à moda antiga: larga, comprida, com mangas e tecido de algodão. Ela estava penteando seu cabelo preto liso que ia até os ombros. Ela pretendia colocar uma touca para preservá-lo durante a noite.

Ela se levantou, tinha altura média, e abriu a porta de um grande guarda-roupa. Ela pegou uma touca preta e a colocou na cabeça.

Ela foi para a cama, tirou o edredom, apagou a luz e se deitou.

Depois de alguns minutos, a porta do quarto se abriu violentamente e alguém acendeu a luz. Era um homem branco com pele bronzeada, com cerca de quarenta anos.

Ele estava um pouco acima do peso e tinha altura média.

A mulher mal olhou-lhe devido à luz em seus olhos. Ele tinha uma barba por fazer e cabelo castanho-escuro precisando ser cortado. Ela disse com uma voz meio sonolenta:

— Ramon, eu estava quase dormindo. O que você quer?

Ele disse em tom de brincadeira:

— Fernanda, você sabe o que eu quero. Você!

— Não quero sexo hoje. Eu estou muito cansada.

Ele disse em tom sério:

— Você está cansada, mas eu não.

Ela suspirou e disse:

— Você não está cansado porque só tem o seu trabalho. Eu tenho que trabalhar e fazer tudo em casa.

Ele sorriu e disse:

— O trabalho doméstico é para as mulheres, não para os homens.

Ele se sentou na cama e começou a tirar a roupa. Fernanda disse:

— Você acha que vamos fazer sexo?

Ele disse em tom sério:

— Eu não acho. Tenho certeza de que faremos sexo.

Fernanda respondeu com voz desanimada:

— Mas eu não estou bem o suficiente para fazer.

Ramon se deitou sobre Fernanda e disse:

— Não se preocupe. Vou terminar e você pode dormir.

Fernanda suspirou e disse:

— Tudo bem.

Eles fizeram sexo. Não foi bom para Fernanda, porque ela não queria. Ramon a tratou como um brinquedo. Ele fez o que queria e dormiu. Não havia romantismo ou amor envolvido.

No dia seguinte, durante o café da manhã, eles estavam na cozinha. Ramon usava um terno, ele estava sentado e usando o telefone enquanto comia.

Fernanda vestia a camisola e estava cozinhando algo no fogão.

Ela pegou um prato de vidro para servir Ramon, mas ele estava distraído e se levantou sem perceber o que ela estava fazendo. Ele esbarrou no prato e um pouco de comida sujou seu terno.

O prato caiu no chão e se quebrou em muitos

pedaços. Ele disse muito nervoso:

— Que diabos está fazendo? Você é cega?

Fernanda se assustou e disse:

— Me desculpe. Eu não vi que você tinha se levantado.

Ele continuou no mesmo tom:

— Você é uma idiota! Você não sabe fazer nada direito! Nem um café da manhã.

— Me desculpe, Ramon. Não era minha intenção.

Ramon tirou o paletó, indicou a sujeira com a mão e disse em tom sério:

— Você vai limpar isso. Se não puder, vai comprar outro para mim.

Fernanda disse em tom preocupado:

— Como vou comprar outro para você? Eu te dou todo o meu dinheiro.

Ele jogou o casaco sobre a mesa e disse asperamente:

— Isso não é da minha conta! Você foi burra o suficiente para sujar. Agora, use seu cérebro idiota para limpar.

Ele saiu da cozinha dizendo:

— Estou indo. Te vejo lá.

— Mas Ramon, é um longo caminho. Não posso ir andando.

Ele respondeu asperamente:

— Você deveria ter pensado nisso antes de fazer essa merda. Você precisa limpar isso e não posso te esperar.

Ela foi atrás dele e disse:

— Ramon! Não faça isso!

Ele a pegou pelo braço e disse em tom sério:

— Sou seu marido! Você vai fazer o que eu disse.

Os olhos dela começaram a lacrimejar, e ele disse com firmeza:

— Não chore! Estou de bom humor hoje. Se eu estivesse de mau-humor, você sabe o que eu poderia fazer com você.

Fernanda começou a chorar e disse:

— Sim. Eu sei. Você é um bom marido. Sou uma esposa tola.

Ele sorriu, passou a mão no rosto dela e disse em tom amável:

— Você entendeu. Isso é ótimo.

Ele a soltou e saiu de casa no carro. Ela passou a mão no lugar onde ele segurava e disse:

— Espero que isso não deixe nenhuma marca.

Fernanda foi até a cozinha para limpar tudo. Depois disso, ela colocou uma blusa de manga comprida e uma saia longa. Ela fez um coque no cabelo e saiu de casa.

Depois de mais de trinta minutos de caminhada, ela chegou a uma igreja evangélica. Era um edifício médio, não como as antigas igrejas tradicionais. Era como uma casa grande. No interior, havia bancos de madeira.

Fernanda entrou na igreja e se sentou no último banco. No mesmo banco, havia um casal de jovens negros. Ela tinha um grande cabelo preto cacheado, e ele cabelo preto curto. Eles sorriram e balançaram a cabeça para cumprimentá-la. Ela respondeu da mesma forma.

No púlpito estava o marido de Fernanda. Ele disse com entusiasmo:

— Irmãos e irmãs. É bom estar na presença do Senhor. Ele nos deu o privilégio de mais um dia de vida. Vamos orar e agradecer ao Senhor por tudo que Ele deu a cada um.

Todos na igreja oraram conforme o que Ramon disse.

Em seguida, houve um culto com músicas e pregação. Ramon ficou longe de Fernanda durante todo o culto.

Após o culto, as pessoas estavam conversando na igreja. Fernanda e o casal estavam em pé perto do banco. O casal usava roupas casuais. Fernanda disse:

— Vocês são novos na igreja?

A mulher com pele morena clara, estatura e peso médios disse:

— Sim. Acabamos de nos mudar para este bairro.

Fernanda respondeu:

— Vocês são casados?

O homem com pele morena escura, estatura média e corpo definido disse:

— Sim, somos.

Fernanda disse:

— Vocês dois parecem muito jovens.

A mulher deu um grande sorriso e disse:

— Muito obrigada.

O homem sorriu e disse:

— Tenho vinte e oito, e ela vinte e seis. O casamento é uma bênção de Deus.

— Tão jovens e tão sábios.

Ele disse:

— Eu amo essa mulher. Eu não poderia ficar longe

dela.

Ele abraçou e beijou sua esposa. Fernanda pensou:

— Um dia, tive esse tipo de tratamento.

A mulher disse:

— Me desculpe. Não nos apresentamos. Eu sou Camila e meu marido é o Bruno.

— Também peço desculpas a vocês. Meu nome é Fernanda.

Ramon se aproximou deles e Fernanda mudou de expressão. Bruno e Camila perceberam a mudança.

Ramon disse:

— Fernanda, quem são nossos visitantes?

— Ele é o Bruno e ela é a Camila.

Ramon os cumprimentou com um aperto de mão e disse:

— Prazer em conhecê-los. Toda a igreja está muito feliz com sua presença.

Eles responderam:

— Muito obrigado!

Ramon disse:

— Vocês são sempre bem-vindos quando quiserem nos visitar.

Bruno disse:

— Obrigado. Voltaremos outras vezes.

— Estaremos esperando por vocês.

Camila disse a Bruno:

— Meu amor, temos que ir.

Ele disse:

— Prazer em conhecer vocês dois, Fernanda e Ramon.

Ramon respondeu:

— Também foi um prazer conhecer vocês.

Eles se cumprimentaram e Bruno e Camila foram embora.

Depois de algum tempo, Ramon e Fernanda também foram embora. Desta vez, ela foi no carro com ele.

Em casa, Fernanda e Ramon trocavam de roupa no quarto. Ela disse:

— Gostei de conversar com aquele casal, e eles parecem ser pessoas muito boas.

Ramon disse em tom sério:

— Eles parecem estranhos.

— Estranho? Por quê?

— Você não notou o estilo deles?

Fernanda pensou neles tentando se lembrar de algo,

mas não conseguiu encontrar nada.

— Não notei nada. Do que você está falando?

— Hum. São pessoas modernas — Ele disse em tom irônico. — Ela com aquele cabelo grande e encaracolado, e sobre as roupas, sem comentários.

— Ramon, o cabelo dela era natural, era um cabelo maravilhoso. Ela usava roupas básicas, calça pantalona e uma camiseta de manga curta. Qual é o problema?

Ele disse em tom sério:

— Estas não são roupas apropriadas para uma mulher casada. Especialmente quando ela está em uma igreja. As mulheres devem cobrir todo o corpo. É a coisa certa a se fazer. Além disso, ele usava calça jeans e camisa polo. Parecia que ele queria exibir seu corpo atlético.

Ela pensou:

— Ele não consegue se controlar olhando para outras mulheres e quer cobrir o corpo de todas. Ele não está preocupado com sua aparência e ninguém pode fazer isso. Ele é ridículo.

Ela disse:

— Isso é uma escolha dela e do marido. Se eles estão felizes, ninguém pode fazer nada.

— É verdade. Assim que puder falarei com o marido sobre sua esposa. Talvez eu possa lhe dar algumas ideias.

Ela disse em tom nervoso:

— Você quer transformá-la em alguém como eu? Uma dona de casa feia sem vaidade? Você quer esconder sua beleza. Então, o marido dela vai olhar para outras mulheres como você faz! Você é um hipócrita!

Ramon disse:

— Você está bem? Você ficou congelada por um minuto.

— Estou bem. Eu estava pensando no nosso almoço.

Ele sorriu e disse:

— Você faz bem. Eu tenho que me preparar para a pregação desta noite. Por favor, cozinhe sem me incomodar.

Ela suspirou e disse:

— Tudo bem.

Ela foi para a cozinha e preparou o almoço enquanto Ramon estudava para sua pregação.

À noite, na igreja, Fernanda estava novamente sentada no mesmo banco. Bruno e Camila também estavam lá.

No momento da pregação, Ramon subiu ao púlpito e

disse com entusiasmo:

— Irmãos e irmãs, abram suas Bíblias no livro de Efésios, capítulo cinco, versículo vinte e cinco até trinta e um.

Ele leu o texto:

— Maridos, ame cada um a sua mulher, assim como Cristo amou a igreja e entregou-se por ela para santificá-la, tendo-a purificado pelo lavar da água mediante a palavra, e para apresentá-la a si mesmo como igreja gloriosa, sem mancha nem ruga ou coisa semelhante, mas santa e inculpável. Da mesma forma, os maridos devem amar cada um a sua mulher como a seu próprio corpo. Quem ama sua mulher, ama a si mesmo. Além do mais, ninguém jamais odiou o seu próprio corpo, antes o alimenta e dele cuida, como também Cristo faz com a igreja, pois somos membros do seu corpo. Por essa razão, o homem deixará pai e mãe e se unirá à sua mulher, e os dois se tornarão uma só carne.

Ele continuou:

— Este texto é claro sobre a responsabilidade do casal, um para com o outro. O apóstolo Paulo nos falou sobre o modo de vida do casal. Este deve ser com amor e carinho. Porque todos nós temos que nos preocupar com nosso casamento.

Fernanda pensou:

— Eu gostaria que você pudesse viver o que está dizendo.

E ela balançou a cabeça em sinal negativo. Bruno e Camila notaram seu comportamento. Eles se entreolharam e fizeram expressões preocupadas.

Durante a pregação, Ramon disse muitas coisas sobre casamento. Ele deu muitos conselhos sobre o relacionamento entre a esposa e o marido. Ele ainda mencionou a divisão de tarefas em casa.

Fernanda ouviu isso e pensou:

— Este não é o marido que tenho em casa todos os dias. Este é outro homem diferente.

Ao final do culto, Ramon foi conversar com Bruno, Camila e Fernanda. Bruno o cumprimentou e disse:

— Foi uma ótima pregação. Você disse coisas muito importantes.

— Muito obrigado. Deus me usou para falar sobre o que Ele queria.

Camila disse:

— Fernanda, acho que você é uma mulher privilegiada. Você vive com um homem sábio. Ele deve praticar tudo em casa.

Fernanda deu um sorriso tímido e disse em tom desanimado:

— Sim, ele pratica.

Todos notaram seu tom. Ramon disse em tom sério:

— Meu amor, não seja tão tímida. Você sabe que eu tento fazer o meu melhor por você.

— Sim, eu sei. Você é um excelente marido.

Camila e Bruno notaram um clima estranho entre eles. Ramon disse:

— Vamos para casa, meu amor. Vamos praticar o que eu disse hoje.

— Tudo bem. Vamos.

Eles se despediram e foram embora.

Assim que Ramon e Fernanda entraram em casa, ele segurou o braço dela e disse em tom nervoso:

— O que você está querendo fazer?

— Ramon, me solta! Eu não fiz nada.

Ele continuou no mesmo tom:

— Claro que você fez. Você respondeu a Camila sem

entusiasmo. Parece que você não concordou com as palavras dela.

— Mas Ramon. Eu fiz isso sem perceber.

Ramon segurou seus dois braços, e a sacudiu dizendo:

— Você acha que eu não sou um bom marido?

Ela começou a chorar e disse:

— Ramon, por favor, não faça isso comigo.

— Fiquei muito tempo sem fazer isso. Acho que você esqueceu o que acontece quando tem um mau comportamento.

Ela chorou mais e disse:

— Eu não esqueci. Serei uma esposa excelente.

Ele sorriu e disse:

— Você será uma esposa excelente e obediente.

Ele começou a bater nela com socos e chutes. Ela tentou se defender, mas não conseguiu.

Duas semanas depois

À tarde, Ramon chegou em casa depois do trabalho. Fernanda já estava em casa. Ele entrou na cozinha e disse:

— Você não deveria estar no trabalho?

Ela ainda tinha algumas marcas no rosto. Mas não era possível identificar serem de uma agressão. Ela disse em tom triste:

— Fui demitida mais uma vez. O que você acha que acontece com alguém que desaparece por mais de uma semana?

Ele disse em tom sério:

— Isso não é bom. Seu dinheiro fará falta.

Ela disse um pouco nervosa:

— Esta é a única coisa que você pensa! Você só vê meu dinheiro e meu trabalho doméstico. Eu não sou uma pessoa para você? Eu sou seu brinquedo e empregada. Você deveria me matar! Imagino que você tenha um seguro de vida para mim.

Ramon disse:

— Fernanda, o que aconteceu?

— Nada, por quê?

— Você parecia longe daqui.

Ela suspirou e disse:

— Só estou pensando em conseguir um novo emprego.

— Por favor, comece a procurar um novo emprego o mais rápido possível.

— Certo.

— O jantar vai demorar?

— Eu acho que não.

— Muito bem! Vou descansar um pouco. Me chame quando tudo estiver pronto.

Ela disse um pouco nervosa:

— Tudo bem.

Ele foi para o quarto descansar.

Durante essas duas semanas, Bruno e Camila continuaram frequentando a igreja. Eles ficaram surpresos com a ausência de Fernanda. Apenas Ramon ia à igreja. E toda vez que perguntavam, ele dizia que Fernanda estava doente.

Um dia, eles estavam indo embora da igreja. Camila estava dirigindo e disse:

— O que você acha que aconteceu com a Fernanda?

— Não sei. Mas espero que não seja o que conversamos alguns dias atrás.

— Você realmente acha que ele poderia bater nela?

— Você realmente acha que ele não faria isso?

Ela disse com tristeza:

— Quero acreditar que não. Mas a maneira como ela mudou seu comportamento quando ele se aproximou.

Sua doença misteriosa e ninguém pode visitá-la. Parece que ele está escondendo algo.

— E naquele dia em que ele estava pregando. Ela parecia não concordar com suas palavras. Era como se ele estivesse mentindo.

— Isso é verdade.

— Acho que ela precisa de ajuda para se livrar dessa situação.

— Mas como?

Bruno disse com empolgação:

— Meu amor, você pode ligar para sua amiga, a Laura. Ela não é especialista em violência doméstica? Ela poderia dar uma palestra na igreja.

— Você acha que o pastor vai aceitar?

— Espero que sim. Ele parece ser um homem que se preocupa com as pessoas. Podemos conversar com ele, e se ele aceitar, você convida sua amiga.

— Isso pode funcionar. Mas tem outra coisa. Se o Ramon bate nela, ele não aceitaria sua esposa participando de uma palestra sobre violência doméstica.

Bruno sorriu e disse:

— Já pensei nesse detalhe.

— Sério?

— Todo mês tem culto feminino. A palestra pode ser neste dia. Não há homens na igreja, apenas mulheres.

Ela disse com entusiasmo:

— Excelente!

— E para garantir que Fernanda venha, você vai dizer a ela que quer uma companhia para ir ao culto.

— Você é um gênio! Por isso, eu te amo.

Ela jogou um beijo para ele.

No dia seguinte, eles conversaram sobre a palestra com o pastor, e ele concordou.

Fernanda voltou para a igreja. Camila e Bruno notaram suas marcas. Após o culto, Camila conversou com Fernanda e pediu sua companhia para o culto feminino, e ela concordou.

No culto das mulheres, todas esperavam um culto comum. Mas na hora de começar, Camila pegou o microfone e disse:

— Minhas irmãs. Hoje será um culto diferente. Minha amiga Laura está aqui, e ela vai falar sobre um assunto muito delicado e triste, violência doméstica.

As mulheres se entreolharam.

Ela continuou:

— Sei que esses assuntos podem parecer distantes de nós, mas estão mais próximos do que pensamos.

Fernanda pensou:

— E como estão perto!

Camila disse:

— Laura, bem-vinda!

Uma negra de meia-idade foi até Camila, pegou o microfone e disse:

— Camila, muito obrigada pelo convite. É bom falar com minhas irmãs na fé.

Camila se sentou perto de Fernanda.

Laura continuou:

— Irmãs. Sou psicóloga e tenho experiência com violência doméstica. Eu era uma vítima. Fui agredida pelo meu marido por muitos anos. Até alguns anos atrás, eu tinha vergonha de falar sobre isso. Mas Deus me mostrou a importância do meu testemunho. Por meio dele, muitas mulheres puderam se libertar da escravidão da violência. E esse é meu primeiro tópico. A violência doméstica é uma espécie de escravidão. Nós, as mulheres, sentimos que não há saída nem esperança. Pensamos que esse tipo de vida é a única que podemos ter.

Ela disse em tom enérgico:

— Eu digo a cada uma de vocês. Deus não nos criou para sofrer devido a homens maus. Deus criou as mulheres para serem felizes, para terem amor e carinho no casamento. Se não há, algo está errado em seu casamento.

As mulheres estavam muito atentas às suas palavras.

Laura voltou ao seu tom normal:

— A violência doméstica não começa com um soco ou um chute. Começa com atitudes e palavras. Se a comunicação for baseada em gritos, não há respeito em sua casa. Esta é uma via de mão dupla. O marido não deve gritar, e nem a esposa. O casamento é algo feito por duas pessoas. Cada um deve fazer a sua parte. Outro tipo de violência é quando seu marido tenta controlar tudo o que você faz. Suas roupas, seu dinheiro e sua vida pessoal.

Uma mulher levantou a mão e disse:

— Vida pessoal? Mas quando nos casamos não é uma só carne?

— A irmã está certa, é uma só carne. Mas é uma

carne feita de dois pedaços. O homem e a mulher têm suas vidas. Cada um pode fazer coisas diferentes. Um não pode controlar o outro. Estamos em dois mil e vinte e dois, e não em mil novecentos e cinquenta. Se seu marido quer controlá-la, é o primeiro passo da violência.

Outra mulher levantou a mão e disse:

— Quais são os próximos passos?

— O próximo passo é a maneira como seu marido fala com você. Se ele grita e tem tom agressivo. Ele está perto de te bater. Outra situação que indica autoritarismo são os maridos que acham que têm empregadas em casa. Eles chegam em casa depois do trabalho e não querem fazer nada. Eles tratam as esposas como escravas. Tome cuidado, se seu marido te trata assim.

Algumas mulheres ficaram pensativas com essas palavras. Laura continuou:

— Se o marido perceber que a esposa permite tudo, ele chegará ao último estágio, a violência física. Ele não começa com um soco no rosto. O homem começa agarrando seu braço, te empurrando, te sacudindo. Com o tempo, isso fica cada vez pior até o dia em que ele vai te socar ou chutar. Se você não fizer nada, ele vai socar e chutar cada vez mais. Não há limite para a violência. Quer dizer, há apenas um limite, a morte.

Laura disse em tom de advertência:

— Para evitar esta terrível situação, peço a cada uma de vocês. Denuncie esse tipo de marido. Ele não merece ficar livre. Ele merece a prisão.

Em seguida, as mulheres questionaram Laura sobre muitos assuntos relacionados à violência doméstica. Ela respondeu a tudo, e as mulheres ficaram muito satisfeitas com a palestra.

Após a palestra, Camila foi conversar com Fernanda:

— Você gostou da palestra?

Fernanda disse com entusiasmo:

— Foi excelente!

— E agora, o que você vai fazer?

— Do que você está falando?

— Fernanda, notei as marcas em seu rosto. Eu sei o que está acontecendo com você.

Ela suspirou e disse em tom desanimado:

— Quero me livrar dessa situação, mas não sei se posso.

— Claro que você pode!

— Mas, se meu marido não ficar preso?

— Ele vai ficar. A violência doméstica é algo muito sério.

— Quando ele for preso, o que farei da minha vida?

— Você terá uma vida longe da violência.

Fernanda pensou um pouco e disse:

— Seria bom.

— Vai ser bom. Faça isso e se liberte.

— Vou pensar.

Camila disse em tom sério:

— Não demore para pensar. Você está perto do último estágio, a morte.

Essas palavras foram duras para Fernanda. Mas ela sabia que era a verdade. Ela foi para casa pensando em tudo o que ela tinha ouvido.

Fernanda chegou em casa e viu Ramon dormindo no sofá com a televisão ligada. Ela pensou em tudo que ouviu na palestra e nas palavras de Camila. Fernanda foi para o quarto e se deitou.

No dia seguinte, Fernanda estava assistindo televisão, e havia uma notícia sobre uma mulher morta pelo marido. Durante a entrevista, a irmã da vítima disse chorando:

— Ela era uma boa esposa e fazia tudo o que ele queria. Mas para ele, nada era suficiente. Todos falavam com ela para denunciá-lo, mas ela nunca denunciou. E agora, ela está morta.

Fernanda desligou a televisão e disse:

— Senhor Deus, tenho certeza de que o Senhor está falando comigo. Não sei o que acontecerá depois que eu o denunciar, mas o Senhor sabe. Confio que o Senhor me ajudará em tudo.

Fernanda trocou de roupa e foi para a delegacia. Ela foi conduzida a uma sala, havia uma policial que disse:

— Como posso ajudá-la?

Fernanda hesitou, mas disse:

— Meu marido me bateu por muito tempo.

Ela contou tudo sobre a agressão à policial.

No final daquele dia, Fernanda estava sentada no sofá. Ramon chegou e disse:

— O que aconteceu? Por que você está no sofá?

— Estou esperando uma visita.

— Quem?

— Você vai ver.

A campainha tocou e Fernanda disse:

— É para você.

Ele estava confuso:

— Você está estranha hoje.

Ele abriu o portão e viu dois policiais. Ele se assustou e gritou:

— Eu vou matar você!

Um policial disse:

— Você não vai matar ninguém. Você está preso.

O policial o agarrou e o algemou. Ramon estava gritando:

— Eu não acredito que você fez isso! Eu não mereço. Eu sou um bom marido.

O outro policial sorriu e disse:

— Temos um lugar especial para bons maridos como você.

Eles o colocaram na viatura e foram embora.

Uma fé inabalável

Uma voz feminina diz:

— Senhor Deus, obrigado por mais um dia de vida. Obrigado por suas bênçãos sobre minha vida.

Uma negra idosa com pele morena clara estava ajoelhada ao lado de sua cama. Ela estava em um quarto simples. Havia apenas um velho guarda-roupa de madeira e um armário antigo. Ela continuou:

— Sei que acordei hoje graças à sua permissão e bênção. Senhor, te peço um bom dia. Confio que o Senhor me fornecerá todas as coisas que preciso.

Ela se levantou e penteou seus longos cabelos lisos grisalhos. Ela se olhou em um pequeno espelho na parede. Seus olhos castanho-escuros analisaram seu rosto enrugado. Ela pensou:

— Parece que a cada dia tenho mais rugas. — Ela sorriu. — Mas o que eu posso fazer? Graças a Deus, estou viva e velha.

Ela usava um vestido simples com algumas pequenas flores desenhadas sobre o tecido. O vestido era perfeito para seu peso e altura médios.

Ela foi para a cozinha. Era quase ao lado de seu quarto. Sua casa era pequena e havia apenas três cômodos: um quarto, uma sala e a cozinha. Além disso, havia um banheiro entre a sala e a cozinha. A casa era uma construção antiga, a pintura estava desgastada. As portas e janelas eram de modelos antigos, daqueles que você não encontra hoje.

A mulher olhou para seus potes de comida e percebeu que tudo estava acabando. Ela pensou:

— Deus, eu preciso da sua ajuda. Isso não será suficiente para os próximos dias.

Ela fez café em seu fogão a lenha. O bule estava muito queimado devido ao fogo a lenha. Ela se sentou em uma velha cadeira de madeira e tomou café da manhã com alguns biscoitos caseiros que havia feito.

Depois disso, ela foi para o seu grande quintal. O vizinho mais próximo estava a mais de duzentos metros de distância. Todas as casas ao redor tinham o mesmo espaço.

Em seu quintal, havia uma horta. As plantas estavam quase morrendo. O chão estava muito seco. Ela disse:

— Senhor, tu és o dono de toda a terra. Abençoe

nossa terra com chuvas. Porque todo mundo precisa. Eu, meus vizinhos, seus animais, as plantas. Todos nós estamos com sede.

Ela trabalhou um pouco na horta, cuidando das plantas que poderiam ser seu alimento.

Depois do trabalho na horta, a mulher começou a caminhar por uma estrada de terra e cumprimentou a todos que viu. Ela estava sempre sorrindo.

Ela chegou ao mercado do bairro, uma grande casa antiga. Era um mercado em estilo antigo. Quase não havia produtos industrializados. A maioria era natural. Tudo estava exposto em sacos: arroz, feijão, milho. E todas as coisas que uma pessoa precisaria naquele bairro.

O dono do mercado, um homem branco de uns cinquenta anos, cumprimentou a mulher:

— Bom dia, dona Maria. Como está a senhora?

— Bom dia, José. Estou bem, e você?

— Estou bem, também. O que a senhora quer hoje?

Ela sorriu e disse:

— Quero muitas coisas. Mas eu não tenho dinheiro.

José disse:

— A senhora não recebeu sua aposentadoria?

— Não.

— Mas é quase metade do mês. A senhora deveria receber no início do mês.

— Você disse bem. Eu deveria receber. Mas você sabe como é o governo.

— Sim, eu sei. Eles nunca cumprem suas obrigações.

— José, vim aqui perguntar se você pode me vender fubá fiado.

— Claro que posso vender. Quanto a senhora quer?

— Dois quilos, por favor.

— Tudo bem.

José pesou três quilos. Maria disse:

— São apenas dois quilos.

José sorriu e disse:

— O extra é um presente para a senhora.

Maria ficou feliz e disse:

— Deus te abençoe, José.

— Amém. Deus já me abençoa e por isso posso abençoar a senhora.

Ele entregou a Maria um saco plástico com o fubá.

Ela voltou para casa e cozinhou o fubá com alguns legumes. Durante a preparação, ela disse:

— Deus, obrigado por esta bênção. Fui comprar dois quilos fiado, mas o Senhor me deu mais um. O Senhor está sempre me abençoando.

Maria comeu com alegria porque confiava em Deus para tudo.

Depois de alguns dias, Maria foi ao banco verificar sua aposentadoria. E o governo havia pagado. Ela pensou:

— Graças a Deus. Eu tenho meu dinheiro.

Ela retirou o dinheiro e antes de sair do banco, um funcionário lhe disse:

— Use um envelope para carregar o dinheiro. É melhor para a senhora.

Ela pegou um envelope e colocou o dinheiro.

Ela estava indo para sua casa e quando estava quase chegando, dois homens se aproximaram dela. Um deles sacou uma arma e gritou:

— Passa o dinheiro!

Ela se assustou e disse:

— Meu Deus! É o único dinheiro que tenho para viver.

O homem respondeu:

— Isso não é da minha conta! Passa o dinheiro.

Ela abriu a bolsa e entregou o envelope. Antes de

irem, um deles a jogou no chão. Eles fugiram correndo.

Maria ficou no chão por um tempo. Ela começou a chorar e disse:

— Oh meu Deus! Roubaram meu dinheiro. O que vou fazer? Tenho muitas contas para pagar e nenhum dinheiro.

Depois de alguns minutos, uma mulher negra de meia-idade passou por aquela estrada e viu Maria no chão. A mulher disse em tom preocupado:

— A senhora está bem? O que aconteceu?

Ainda chorando, Maria disse:

— Dois homens me roubaram e me jogaram no chão.

— A senhora tem algum parente para te ajudar?

— Não. Eu moro sozinha perto daqui.

— Não se preocupe. Vou ajudar a senhora.

A mulher levantou Maria e a acompanhou até sua casa. Lá Maria explicou sua situação para a mulher, e ela ficou muito triste com sua história.

No dia seguinte, pela manhã, um carro da polícia foi até a casa de Maria. Um jovem policial negro parou na entrada do seu quintal e a chamou:

— Dona Maria! Dona Maria!

Ela saiu de casa e ficou surpresa. Maria disse:

— Oi, policial. O que aconteceu?

O policial sorriu e disse com entusiasmo:

— Tenho boas notícias para a senhora. Prendemos os homens que te roubaram.

Maria ficou maravilhada:

— Como a polícia soube do roubo? Eu não chamei a polícia.

— A senhora não chamou. Mas alguém chamou e nos deu uma descrição detalhada dos homens.

Maria ficou mais surpresa:

— Eu não disse a descrição para ninguém. Como isso aconteceu?

O policial disse:

— Não sei como isso aconteceu. Sei que prendemos os homens e recuperamos seu dinheiro.

— Sério?

— Sim.

Maria disse com grande entusiasmo:

— Oh meu Deus! É um milagre! Eu estava ficando desesperada com as minhas contas.

— É realmente um milagre. Geralmente, é difícil

prender esses criminosos.

O policial entregou o envelope a Maria e disse:

— Aqui está o seu dinheiro.

Maria o abraçou e disse:

— Deus abençoe sua vida, meu filho.

— Amém, senhora.

Ela abriu o envelope e contou o dinheiro. Ela disse:

— Não pode ser. Há quase o dobro. Eles colocaram o dinheiro de outras pessoas aqui.

— Não temos informações sobre outros roubos.

— Mas eu não posso ficar com esse dinheiro!

— A senhora pode. Pense nisso como um presente de Deus. Lembre-se que o choro pode durar uma noite, mas a alegria vem pela manhã[1].

Maria ficou impressionada:

— Desta vez, a palavra de Deus se cumpriu literalmente.

— Aproveite sua bênção.

— Vou aproveitar.

— Agora, eu tenho que ir. Se a senhora precisar de algo, pode entrar em contato com a polícia.

---

[1] Salmos 30:5

— Tudo bem. Muito obrigada.

O policial foi embora, e Maria imediatamente se ajoelhou agradecendo a Deus e chorando:

— O Senhor é tão maravilhoso! Ontem eu estava desesperada com meu dinheiro. E hoje o Senhor me presenteou com mais do que eu teria. Vejo nesta situação a mão de Deus trabalhando por mim. Eu não mereço esta grande bênção. Agradeço ao Senhor do fundo do meu coração e alma.

Maria ficou aliviada e certa de que Deus a havia abençoado.

Nos dias seguintes, começou a chover. No início, a chuva era suave, mas depois de alguns dias, houve algumas tempestades. Em cada tempestade, Maria orava a Deus, pedindo proteção para sua casa. Ela sabia que sua casa não suportaria essas tempestades.

Depois de alguns dias de chuva e temporais, a defesa civil da cidade foi até a casa de Maria. Ela os recebeu em sua sala, ela e os dos dois negros de meia-idade estavam sentados em cadeiras de madeira. Um deles disse em tom triste:

— Dona Maria, acho que a senhora já percebeu a

situação das chuvas e tempestades. E por causa disso, a senhora deve sair de sua casa.

Maria se surpreendeu e disse:

— Mas, onde vou ficar?

O outro homem disse:

— Temos um abrigo público na cidade. A senhora pode ficar lá até que as chuvas parem e sua casa esteja segura novamente. Não se preocupe. A senhora terá tudo lá.

Maria disse em tom preocupado:

— Como não me preocupar? Vou sair da minha casa.

O homem respondeu:

— Eu entendo sua preocupação, mas se a senhora não sair de sua casa, pode ser perigoso para sua vida.

Maria pensou um pouco e disse com desânimo:

— Tudo bem. Eu vou para lá.

— Pegue algumas roupas e coisas que você usa para seus cuidados pessoais. Nós levaremos a senhora.

— Eu vou pegar minhas coisas.

Maria pegou algumas roupas e coisas pessoais, e eles a levaram para o abrigo. Era uma escola pública com camas nas salas de aula.

Ela achou aquele ambiente muito estranho, mas sabia que era uma coisa necessária para se manter segura.

Mesmo nessa situação, Maria agradeceu a Deus:

— Deus, obrigado por sua proteção. Obrigado por enviar esses homens para me resgatar. Obrigado, Senhor, por ter um lugar para ficar neste momento. Tenho certeza de que o Senhor protegerá minha casa e tudo o que tenho.

Maria tentou manter sua fé naquela situação.

Nos dias seguintes, as tempestades pioraram. Uma tarde, uma mulher branca de meia-idade estava no abrigo procurando por Maria. Assim que a mulher a encontrou, ela disse em tom sério:

— Dona Maria, vamos conversar na minha sala, por favor.

Maria ficou preocupada com seu tom:

— O que aconteceu?

A mulher manteve o tom:

— Vamos para minha sala, por favor.

Eles foram para uma sala reservada. A mulher sentou-se ao lado de Maria e disse:

— Infelizmente, sua casa não resistiu. Devido às

tempestades, ela desabou. E a senhora perdeu tudo o que estava lá.

Essas palavras foram difíceis de ouvir. Maria pensou em tudo que vivera naquela casa. Ela pensou em todas as coisas que tinha. Ela ficou sem reação.

A mulher disse:

— A senhora está bem?

Maria começou a chorar e disse:

— Pai, por que me abandonou? Por que o Senhor permitiu que algo assim acontecesse comigo?

Ela chorou ainda mais. A mulher estava tentando consolá-la, mas era difícil. Foi um grande choque para Maria. Ela não tinha mais nada.

Depois de algum tempo, Maria voltou para sua cama e deitou-se. Ela tentou orar, mas não conseguiu. Ela adormeceu pensando sobre o que faria com sua vida.

Maria acordou e percebeu que o abrigo estava diferente. Tudo parecia mais iluminado. Ela entrou no corredor e viu muitos pôsteres nas paredes. Ela parou em um e o leu:

— Porque sou eu que conheço os planos que tenho para vocês, diz o Senhor para fazê-los prosperar e não de lhes causar dano, planos para dar-lhes esperança e um futuro[2].

Ela pensou:

— Eu nunca vi isso antes. Deve ser algo novo.

Ela andou mais, viu outro pôster e o leu:

— O Senhor firma os passos de um homem, quando a conduta deste o agrada; ainda que tropece, não cairá, pois o Senhor o toma pela mão[3].

Ela disse:

— Alguém colocou muitas mensagens de encorajamento. Eu precisava ler isso.

Maria viu um homem de costas a certa distância e disse:

— Olá. Quem colocou os pôsteres?

O homem se virou para ela, mas ela não podia ver seu rosto, era muito brilhante. O homem disse:

— Eu os coloquei em seu coração e alma.

Maria acordou e percebeu que era um sonho. Ela pensou:

— Senhor, muito obrigado por suas palavras. Não sei

---

[2] Jeremias 29:11
[3] Salmos 37:23-24

quais são seus planos, mas sei que o Senhor tem bons planos para mim.

Em outro lugar da cidade, alguns jovens estavam reunidos em uma sala muito luxuosa. Eles usavam roupas que pareciam ser muito caras. Eles estavam sentados ao redor de uma grande mesa. Um deles disse:

— Desta vez, atingimos nosso objetivo. Com a permissão de Deus, pudemos destruir a casa daquela velha, a Maria. E pela primeira vez, ela questionou Deus.

Outro homem disse:

— É hora de afastá-la de Deus. Vamos usar nossos recursos para construir uma nova casa para ela e lhe daremos tudo o que ela precisa. E quando ela perguntar quem está fazendo essas coisas, diremos: o diabo.

Todos riram muito. Eles estavam confiantes em seu plano.

Depois de alguns dias, as chuvas pararam. Maria foi para sua casa destruída. Ela observou os escombros da construção misturados com seus móveis destruídos. Ela disse:

— Agora, só Deus pode me ajudar.

Ela ouviu um barulho de caminhão, olhou para a

estrada e viu que alguns caminhões se aproximavam. Eles pararam na frente de sua casa. Um jovem desceu de um caminhão e disse:

— Dona Maria. Estamos aqui para construir uma nova casa.

Maria ficou surpresa:

— Sério?

— Sim. Faremos uma nova e boa casa para a senhora. Além disso, daremos os móveis e tudo o que a senhora precisar.

Maria não acreditou nessas palavras e disse:

— Eu não posso acreditar que isso está acontecendo.

O homem sorriu cinicamente e disse:

— Pode acreditar. Vai acontecer.

Maria olhou para os caminhões, ajoelhou-se no chão e disse:

— Senhor, obrigado por sua provisão e cuidado com minha vida. O Senhor sempre me dá tudo o que preciso.

O homem não gostou daquelas palavras e disse em tom sério:

— Como a senhora tem certeza de que foi Deus quem deu tudo isso?

Maria se levantou e disse:

— Quando Deus manda, até o diabo obedece.

Eu espero alguém enviado por Deus

Um jovem branco com pele bronzeada estava sentado em uma cadeira semelhante a uma poltrona de cinema, ele estava em uma igreja evangélica. Era uma grande igreja com um estilo de construção moderno. Ele abaixou a cabeça e disse com voz triste:

— Senhor Deus, eu não sei o que fazer. Estou desesperado com a minha situação. Tenho quase trinta anos e não sou casado. Eu nem tenho namorada. Senhor, eu imploro, me envie a mulher perfeita para minha vida. Imagino que ela seja linda, com um corpo perfeito, inteligente e bem-sucedida. Uma mulher perfeita para mim. Acredito que o Senhor me enviará alguém.

Um homem negro com cerca de trinta e cinco anos, com altura e peso médios se aproximou dele e disse:

— Nicolas, você está bem? Você parece triste.

Ele suspirou e disse:

— Raul, você sabe por que estou triste.

Raul pensou um pouco e disse:

— Eu sei?

— Claro que sabe. Estou solteiro e sem ninguém.

Raul disse em tom decepcionado:

— É isso? Achei que fosse algo sério, como uma doença.

Nicolas se levantou. Ele era alto e tinha peso médio. Ele disse em tom sério:

— Mas isso é sério para mim.

— Se você diz — Raul disse em tom desconfiado. — O que você faz para mudar essa situação?

— Muitas coisas.

— Por exemplo?

Nicolas não tinha feito nada. Ele estava tentando enganar Raul:

— Você sabe...

— Não sei. Diga-me.

— Eu faço. Eu fui para...

Raul sorriu e disse:

— Você não fez nada.

— Mas você precisa entender minha situação. É difícil fazer qualquer coisa.

— Eu concordo com você. É difícil fazer algumas coisas. Mas você poderia fazer coisas simples.

— Como o quê?

— Você se olhou no espelho recentemente?

Nicolas ficou surpreso com a pergunta:

— Sim. Por quê?

— Não parece.

— Por quê?

— Você precisa cortar o cabelo! Você é um nazireu[4]?

— Mas este é o meu estilo.

— Não é um estilo. Seria estilo se você cuidasse do seu cabelo. Mas você apenas deixa crescer. Além do cabelo, você deve fazer a barba. Parece uma floresta desmatada.

— Como assim?

— Você tem muitas falhas em sua barba.

— Minha aparência é apenas um detalhe. Quando Deus envia alguém, a pessoa aceita tudo.

— Eu te pergunto uma coisa. Que tipo de mulher você pede para Deus?

— Uma mulher perfeita.

— Você pede uma princesa, mas você é um sapo.

---

[4] Uma pessoa que fez um voto especial com Deus, onde ela não pode beber bebida fermentada ou qualquer coisa de uma videira. Além disso, a pessoa deve deixar o cabelo crescer. As instruções completas sobre o voto estão no livro de Números, capítulo seis.

Você realmente acha que uma mulher perfeita te notará e desejará ter um relacionamento?

Ele disse sem confiança:

— Espero que sim.

— Se você acredita nisso. Você tem muita fé.

— Sou um homem de fé! — disse Nicolas em tom firme.

— Estou percebendo.

— Um dia, Deus me enviará alguém perfeito.

— Se a pessoa também espera por alguém perfeito, não será você.

— Raul! Você está contra mim?

— Não. Quero abrir seus olhos para a realidade.

Nicolas pensou um pouco e disse:

— Talvez você esteja certo. Vou pensar sobre isso e continuar esperando por alguém de Deus.

— Tudo bem. A decisão é sua.

Uma voz masculina disse no microfone:

— Irmãos. Vamos começar nosso culto.

Eles se sentaram e houve um culto com cânticos e pregação.

Outro dia em sua casa, Nicolas estava se olhando no

espelho. Ele analisou tudo nele. Seus olhos azuis, seu longo cabelo castanho-claro, sua barba. Ele pensou:

— Eu não sou feio. Eu acho. Existem homens mais feios do que eu, e eles têm boas esposas. Eu vou conseguir uma para mim. Deus vai me enviar alguém.

Dia após dia, Nicolas orava a mesma coisa. Ele estava confiante sobre a ação de Deus.

Dias depois

Nicolas recebeu uma mensagem em seu celular, era de Hugo, a mensagem dizia:

— Posso ir à sua casa esta noite?

— Sim. O que aconteceu? — Ele respondeu.

— Tenho notícias importantes. Hoje à noite você saberá.

"Que mistério!" — Pensou Nicolas. Ele respondeu:

— Tudo bem.

À noite, Nicolas recebeu seu amigo na sala. Hugo era um homem branco, com cerca de trinta anos, cabelos e olhos castanho-escuros. Ele tinha altura e peso médios. Hugo disse com entusiasmo:

— Nicolas. Vou me casar com a Verônica!

Nicolas ficou feliz com a notícia e disse:

— Parabéns! Você merece.

Ele abraçou Hugo. Nicolas disse um pouco triste:

— Todo mundo tem seu par, só eu que não.

— Não fique triste com isso. Você vai conseguir o seu.

Eles se sentaram no sofá e Nicolas disse:

— Não sei se vou conseguir.

— Por quê?

— Estou tentando há muito tempo. E nada acontece.

— O que você quer dizer quando diz que está tentando?

— Estou pedindo a Deus.

— E o que mais?

— Nada. Acredito que Deus me enviará alguém perfeito.

— Nada? — Hugo ficou muito surpreso. — Você está brincando comigo?

— Não.

— É por isso que você não consegue ninguém.

— Por quê?

— Você terceirizou sua responsabilidade.

— Não entendi.

— Nicolas. Sou cristão como você e dependo de Deus

em tudo na minha vida. Mas a pessoa com quem vou me casar é minha escolha.

— Você não orou a Deus para conseguir uma boa pessoa?

— Sim, eu orei.

— Então, qual é a diferença?

— A diferença é que eu não estava esperando a pessoa perfeita chegar na minha vida.

— O que você fez?

— Eu procurei a pessoa.

— Como você fez? Onde você procurou?

— Eu procurei em todos os lugares.

— Meu Deus! — Nicolas ficou surpreso. — Você tentou com todas as mulheres que conheceu?

— Não! Eu não fiz isso.

— Então o quê?

— Aprendi coisas sobre cada mulher que considerei interessante. Conversei com elas para entender o que elas queriam da vida, quais eram seus planos. Aprendi sobre suas vidas e tudo o que eu podia.

Nicolas sorriu e disse:

— Você teve muitos encontros.

— Eu não fazia isso em encontros. Eu fiz isso no contato do dia a dia. Conversei na igreja, no meu trabalho e em outros lugares que tive oportunidade. Se eu percebia que havia uma boa combinação, então, convidava a mulher para um encontro. A maioria das pessoas age assim e isso funciona.

— Talvez.

— E o mais importante. Não existe pessoa perfeita! — Ele enfatizou.

— Se não existe uma pessoa perfeita. Como funciona? Como você sabia que a Verônica era a mulher certa?

— Esta pergunta é muito difícil de responder. Durante o relacionamento, você verá os sinais.

— Sinais de Deus?

— Sim e não.

— Hugo, hoje está difícil conversar com você. Você está muito enigmático.

— Desculpe, mas as respostas não são simples. Eu vou te explicar. Desde que a Verônica e eu começamos nosso relacionamento, pedimos direção a Deus. Pedimos a Ele que abençoasse nossa união. E Ele nos abençoou. Tudo o que planejamos fazer juntos funcionou. Este é o sinal de

Deus.

— Certo. O que não são sinais de Deus?

— Não são sinais de Deus tudo o que depende de nós. Comportamento, atitudes e tudo relacionado ao relacionamento. Por exemplo, você se lembra de quando eu tive meu acidente de carro?

Nicolas disse com tristeza:

— Eu lembro. Foi um período difícil para você.

— Foi difícil. Verônica e eu tínhamos acabado de começar a namorar, e ela ia ao hospital todos os dias que podia.

— Eu lembro.

— Outro exemplo. Quando ela não foi aprovada no primeiro exame de direção. Ela ficou muito triste, e eu estava lá com ela. Eu a consolei e lhe dei forças para tentar novamente. Um relacionamento é companheirismo. É ter alguém para estar com você nos melhores e nos piores momentos. Essas coisas você só sabe quando tenta ter um relacionamento.

— Acho que estou entendendo.

— Você está certo em pedir a Deus por alguém. Mas você está errado quando fica apenas esperando. E você tem que fazer mais uma coisa.

Nicolas sorriu e disse:

— Eu sei, minha aparência.

— Você é um cara esperto.

— Você é a segunda pessoa que diz a mesma coisa.

— Aparência não é tudo em um relacionamento. Mas é algo importante para começar.

— Estou percebendo isso.

— Nós nos desviamos do assunto inicial. Mas acho que foi algo bom.

— Claro que foi bom.

— Aqui está o seu convite.

Hugo entregou a Nicolas um convite de casamento.

— Muito obrigado.

— Será daqui a quatro meses. Espero que você vá com uma companhia. — Hugo sorriu.

— Eu também espero. — Nicolas sorriu.

Eles se cumprimentaram e Hugo foi embora. Nicolas ficou muito pensativo sobre as palavras de seu amigo.

Nos dias seguintes, Nicolas começou a observar os jovens em sua igreja. Ele estava procurando qualquer coisa que o ajudasse com sua vida sentimental.

Além da igreja, ele também observou as redes sociais. Ele estava observando seu estilo de roupa, aparência e tudo que as pessoas faziam.

Um dia, em seu quarto, ele estava deitado na cama e pensava:

— Eles são diferentes de mim. Percebi que eles estão preocupados com sua aparência. Todo mundo tem seu grupo, e eles saem com os amigos. E o mais importante para mim, muitos deles estão namorando. Acho que tenho que mudar meus hábitos para ter uma oportunidade de namorar.

Ele se levantou e foi à barbearia que costumava frequentar. Ele disse ao barbeiro:

— Quero uma transformação completa. Eu quero parecer mais jovem e bonito.

— Tudo bem. Por favor, sente-se.

O barbeiro raspou a barba e cortou o cabelo. Depois de mais de uma hora, Nicolas se olhou no espelho e disse com empolgação:

— Sou outra pessoa! Uma pessoa melhor, eu acho.

Nicolas estava sem barba e seu cabelo estava partido para o lado em um estilo moderno.

Depois disso, ele foi a algumas lojas e comprou roupas e sapatos novos.

No culto seguinte, ele vestiu seu novo visual. E ele notou que muitas pessoas foram cumprimentá-lo. Raul disse em tom de brincadeira:

— O que aconteceu aqui? Você foi abduzido por uma nave espacial? Ou você é um robô?

Nicolas sorriu e disse:

— Nada disso aconteceu. Decidi fazer algumas mudanças.

— Foi uma grande mudança. Acho que foi uma boa mudança.

— Eu acho a mesma coisa.

— Por que você fez isso?

— Raul, pensei no que você disse. E tive uma conversa com o Hugo. Pude perceber que tenho um papel importante para conseguir alguém. Entendi que não posso ficar só esperando a ajuda de Deus. Eu tenho que orar a Deus para conseguir alguém, mas tenho que buscar e escolher a pessoa. É minha responsabilidade. Deus me deu inteligência e sabedoria para fazer uma boa escolha. E, além disso, tenho que ser uma boa escolha para alguém.

Raul ficou surpreso:

— Você parece outra pessoa, não apenas na aparência.

— É verdade. Agradeço seus conselhos e amizade. Você sempre me diz o que eu tenho que fazer. Mas demorei a perceber que você estava certo.

— Sem problema. Tudo acontece na hora certa. Deus abriu sua mente para minhas palavras e as palavras do Hugo. Cada um de nós tem um tempo adequado para aprender e compreender. Você teve o seu.

— Espero que esse aprendizado tenha algum efeito.

Uma bela mulher se aproximou deles e disse:

— Nicolas. Você quer participar do culto de jovens? Há cultos todos os sábados e, depois do culto, saímos.

— Eu nunca venho, mas vou começar a vir.

Ela disse com entusiasmo:

— Excelente! Eu vou esperar... — Ela sorriu. — Quero dizer, vamos esperar por você no próximo sábado.

— Muito obrigado pelo convite.

— Com licença.

Ela foi embora e Raul disse:

— Acho que sua mudança já fez efeito.

Nicolas sorriu e disse:

— Você tem razão. Agradeço a Deus por isso.

Uma voz feminina disse no microfone:

— Irmãos e irmãs. Vamos começar nosso culto.

Eles se sentaram e houve um culto.

A história da Páscoa

Em uma escola pública de ensino médio em uma grande cidade brasileira, os alunos conversavam entre si, esperando o professor. A sala de aula era nova, com carteiras e cadeiras novas. Toda a escola era um prédio novo.

Os alunos estavam vestidos com camisas brancas do uniforme escolar. O restante do vestuário era conforme o estilo de cada um. Não havia políticas rígidas sobre isso.

Um jovem negro com pele morena clara, com cerca de trinta anos, entrou na sala de aula. Ele era alto e tinha peso médio. Ele vestia roupas casuais e tinha um grande cabelo preto afro. Ele disse:

— Bom Dia! Vamos começar nossa aula de história.

Os alunos pararam para conversar e deram atenção a ele.

Ele pegou um pincel atômico e escreveu no quadro branco:

— Páscoa.

Os alunos se olharam com desânimo. O professor disse:

— Todo mundo sabe que estamos perto da Páscoa. E todos os anos, a escola promove algumas atividades relacionadas a isso.

Uma adolescente branca com pele clara disse em tom irônico:

— Resumindo, a escola pensa que somos crianças e faz atividades relacionadas ao Coelho da Páscoa.

Todo mundo riu.

O professor se conteve para não rir e disse:

— Sabrina, você está quase certa. Haverá algumas atividades relacionadas ao Coelho da Páscoa. Mas a escola não acha que vocês são crianças.

Um adolescente negro com pele morena escura disse:

— Tiago[5], se eles não acham, por que fazer essas atividades?

— Miguel, isso faz parte do plano municipal de educação.

Sabrina disse:

— O plano municipal de educação é uma mer...

— Sabrina! — Tiago a interrompeu. — Eu sei que

---

[5] No Brasil é comum chamar os professores pelo nome ou, às vezes, chamá-los apenas de "professor".

algumas políticas podem ser frustrantes. Mas a escola tem que seguir as leis e os decretos.

Uma adolescente negra com pele morena clara disse com firmeza:

— Essas leis e decretos estão nos levando à mentira! Não existe coelho da Páscoa!

Tiago tentava acalmar os ânimos. Ele disse com tranquilidade:

— Carla, eu te entendo. E tenho certeza de que ninguém aqui acredita nele. Mas o coelho da Páscoa faz parte da tradição.

Um adolescente branco com pele bronzeada disse:

— Professor, não sei qual tradição. No Brasil, a maioria de nós sabe que a Páscoa não está relacionada ao Coelho da Páscoa.

Os alunos estavam muito insatisfeitos com o plano de educação atual. Tiago disse:

— Daniel. Percebi que este ninguém quer fazer as atividades tradicionais da Páscoa. Acho que todo mundo quer falar sobre a verdadeira história da Páscoa.

Os alunos concordaram e muitos disseram:

— Sim!

— É isso!

Tiago continuou:

— Mas há um problema. Todos sabem que a Páscoa tem uma relação estreita com a religião, mais do que uma religião. Alguns pais podem ficar desconfortáveis sabendo que seus filhos estão aprendendo coisas sobre religião na escola.

Miguel disse:

— Professor, falar de história é falar de religião. Tudo está conectado.

Carla disse:

— Mesmo que eles fiquem desconfortáveis, temos uma boa justificativa.

Tiago disse:

— Qual?

— Há mais pessoas que acreditam em Deus e Jesus do que no coelho da Páscoa.

Todos riram, até Tiago. Ele disse:

— Essa justificativa é excelente. Todos concordam em falar sobre a verdadeira história da Páscoa?

Eles responderam em voz alta:

— Sim!

— Tudo bem. Vamos dividir a turma em grupos. Cada grupo falará sobre um momento da história relacionado à Páscoa.

Sabrina se surpreendeu:

— Tem muita coisa?

— Sim, Sabrina. A história humana tem vários momentos relacionados à Páscoa. O primeiro foi no Egito, o êxodo judeu. O segundo está em Israel, a Paixão de Cristo e o início do cristianismo, e o último está relacionado ao Coelho da Páscoa e outras coisas. Tenho certeza de que este trabalho será muito interessante para todos. Todos vocês saberão mais sobre uma das datas mais importantes do Brasil.

Daniel disse:

— Professor, onde vamos conseguir as informações?

— Vocês podem usar a internet. Mas peço que usem sites com referências. Usem sites que citam livros ou outras fontes confiáveis. Se vocês tiverem alguma dúvida, vocês podem me enviar o site por e-mail. Vou analisar e dizer se a fonte é confiável

— Certo.

— Vamos fazer os grupos?

Tiago dividiu a classe e deu um assunto para cada grupo. Os alunos ficaram muito entusiasmados com a possibilidade de aprender sobre a história da Páscoa.

...

Os alunos começaram a fazer os trabalhos escolares. Cada grupo se reunia na biblioteca da escola ou na casa de um dos componentes.

Um dia, o grupo de Sabrina estava em sua casa. Eles estavam em uma grande mesa com livros, notebooks, cadernos, smartphones, lápis e canetas. Todo mundo estava pesquisando sobre o tema. Quando alguém encontrava algo interessante, lia para o grupo.

Sabrina encontrou informações sobre o êxodo judeu. E disse-lhes:

— Eu encontrei algo. O êxodo judeu é descrito em muitos livros de história. Mas sobre a Páscoa é detalhado no livro judeu Torá e na bíblia cristã.

Uma adolescente negra com pele morena clara disse:

— Ler na bíblia é mais fácil. Onde está?

Sabrina disse:

— Começa no livro de Êxodo e continua nos livros de Levítico, Números e Deuteronômio.

A garota disse:

— Cada um de nós pode ler sobre um livro e dizer o que aprendeu. Que tal?

Eles concordaram e começaram a ler sobre os livros.

Depois de algum tempo, a mãe de Sabrina foi para a sala. Ela era uma mulher branca de meia-idade com pele clara. Ela notou que eles estavam muito concentrados na leitura. Ela se aproximou de Sabrina e disse:

— Sabrina, qual é o assunto? Todo mundo parece muito concentrado.

— Estamos lendo sobre alguns livros da bíblia.

Ela ficou surpresa:

— Bíblia? Por quê?

— É para um trabalho da escola sobre a Páscoa.

— Qual é a relação entre a bíblia e a Páscoa?

Sabrina sorriu e disse:

— Estamos tentando encontrar.

Ela disse em tom sério:

— Isso é muito estranho. A escola não deveria falar sobre religião.

Sabrina disse em tom irônico:

— A escola também não deveria falar sobre lendas,

como o Coelho da Páscoa, mas eles fazem isso.

— É diferente.

— Sim, é muito diferente. Apenas crianças inocentes acreditam no coelhinho da Páscoa. Mas na religião, muitos adultos têm crenças genuínas.

— Qualquer um pode acreditar no que quiser.

— Você tem razão. E todo mundo tem que aprender história. E estamos fazendo isso.

Ela ficou sem resposta:

— Tudo bem. Mas não concordo com esse tema.

Sabrina disse em tom sério:

— Você não concorda porque não acredita em nada. E você acha que todo mundo deveria ser como você.

— Talvez o mundo fosse melhor.

— Ou não. Mãe, tenho que continuar lendo.

Sabrina continuou lendo sobre os livros bíblicos. E sua mãe saiu da sala um pouco chateada.

Dias depois

Os alunos estavam esperando Tiago na sala de aula, mas ele estava atrasado. Um homem branco de meia-idade entrou na sala e disse:

— Bom Dia! Hoje serei responsável pela aula de

história.

Miguel disse:

— O que aconteceu com o Tiago?

— Ele está em uma reunião.

— Uma reunião no horário da aula? Ele nunca fez isso.

— A situação é diferente.

Carla disse:

— Diferente como?

Ele estava desconfortável para dizer o que estava acontecendo.

— Ele está conversando com alguns pais. Parece que eles não concordaram com alguns assuntos da aula.

Sabrina disse:

— Hum, deixe-me adivinhar, é sobre o trabalho da Páscoa?

— Sim.

— Aposto que minha mãe está aqui.

— Não sei quem reclamou.

Sabrina se levantou e disse em tom enérgico:

— Vou ver quem está reclamando do nosso trabalho. Quem está comigo?

Alguns alunos se levantaram e disseram:

— Estou com você!

— Vamos ver o que está acontecendo!

Sabrina disse ao professor:

— Onde é a reunião?

— Na sala do diretor.

Eles foram até lá. A secretária do diretor, uma mulher negra de meia-idade, tentou impedi-los:

— O que vocês estão fazendo? Por que vocês não estão na aula? — Ela estava surpresa.

Daniel disse em tom firme:

— Estamos aqui para descobrir quem está reclamando do trabalho de história.

Ela disse:

— Este é um assunto entre os pais, o diretor e o professor.

Ele continuou no mesmo tom:

— Não é só sobre eles. É sobre nós, os alunos. Estamos aprendendo todos os dias.

— Mas vocês não podem participar da reunião.

Sabrina disse em tom enérgico:

— Devemos participar!

Na sala do diretor, todos notaram a confusão. O

diretor, um homem negro de meia-idade, foi até a porta para ver o que estava acontecendo. Ele disse:

— Qual é o motivo dessa discussão?

Sabrina respondeu um pouco nervosa:

— Ela está tentando nos impedir de participar da reunião!

— Por que vocês querem participar?

— Porque é algo que afeta a mim e aos meus amigos.

A mãe de Sabrina foi até a porta e disse em tom de reprovação:

— Sabrina! O que é isso? Você está criando problemas na escola?

Ela respondeu em tom irônico:

— Você está criando problemas na escola. Estou tentando resolver o problema que você criou.

O diretor disse em tom calmo:

— Vamos manter a calma. Sabrina, sua mãe estava preocupada com o assunto da aula de história.

Sabrina gargalhou e disse:

— Preocupada? Minha mãe? Diretor, você está brincando comigo? Ela nunca se preocupa com nada relacionado à escola. Ela só está fazendo isso porque é ateia, e o assunto do trabalho de história é sobre religiões.

A mãe de Sabrina ficou um pouco brava e disse nervosa:

— Você não deveria falar assim! Sou sua mãe!

Sabrina falou mais alto e com mais agressividade:

— Você é minha mãe apenas para me perturbar! Você nunca me dá atenção em nada que faço. Você nem sabe o que estou estudando. Você só sabe desse trabalho porque estávamos fazendo em casa e você percebeu que estávamos muito concentrados. Eu sempre fiz meu trabalho de escola sozinha, sem a sua ajuda.

Todos ficaram impressionados com essas palavras. O que deveria ser uma discussão sobre uma aula de história tornou-se uma discussão sobre relacionamento familiar.

O diretor disse em tom firme:

— Parem com isso! Vocês duas! — Ele olhou para Sabrina e sua mãe. — Vamos para sua sala de aula, vou explicar sobre essa reunião.

Todos foram para a sala de aula, os alunos, os pais, o professor e o diretor.

O diretor ficou próximo ao quadro branco e disse:

— Há alguns dias, a escola recebeu uma reclamação sobre os temas da aula de história. Conversei com o professor e ele explicou a situação. Ele disse que a turma pediu temas diferentes sobre a Páscoa, e ele deu os temas para vocês estudarem. Mas alguns pais não concordam com isso porque os temas envolvem religião. Entrei em contato com o departamento educacional da cidade e não há problema em falar sobre isso. Então, seus trabalhos escolares serão mantidos.

Todos os alunos ficaram felizes com a notícia. Ele continuou:

— Hoje, vi uma coisa que não via há muito tempo. Os alunos lutando pelo seu direito de aprender. Isso foi incrível, apesar da confusão. Nunca parem de lutar pelos seus direitos. A história... — Ele olhou para Tiago. — Já mostrou o que acontece quando as pessoas lutam pelo que é justo e certo. Parabéns a todos!

Ele começou a bater palmas e todos fizeram o mesmo.

Os pais não ficaram felizes com sua decisão. Mas eles sabiam que perderam a guerra.

...

Dias depois, os alunos começaram a apresentar seus trabalhos. O primeiro grupo foi o de Sabrina. Eles estavam encarregados de falar sobre o êxodo judeu.

Eles estavam perto do quadro branco, e a turma fez um círculo com as carteiras.

Havia um projetor de LCD e um laptop para que os alunos pudessem fazer uma apresentação mais interessante.

Sabrina começou a falar:

— Meu grupo vai falar sobre a primeira Páscoa. — Ela sorriu. — Sim. Há um registro da primeira Páscoa. Foi mais cedo do que a maioria de nós pensa. Vamos falar sobre o que aconteceu para iniciar a celebração da Páscoa.

Uma adolescente negra disse:

— O evento relacionado com a Páscoa foi o êxodo dos judeus do Egito. Este evento específico não tem registros históricos além do livro judeu Torá e a bíblia cristã. Fizemos muitas pesquisas, mas nenhuma fonte confirma ou nega os fatos descritos nestes dois livros religiosos. Há apenas menções à saída do povo hebreu do Egito em anos diferentes. Mas a falta de fontes não atrapalha o assunto principal, a Páscoa.

Um adolescente branco disse:

— A primeira Páscoa foi aproximadamente três mil e quinhentos anos antes de Cristo. Os eventos são mencionados no livro de Êxodo. Está escrito que o povo hebreu foi escravizado no antigo Egito. E Deus havia enviado muitas pragas àquele país para mostrar ao faraó seu poder. A última praga foi a morte dos primogênitos em toda a terra. A advertência de Deus a seu servo Moisés é descrita em Êxodo, capítulo onze, nos versículos quatro a seis.

O texto foi mostrado no quadro branco e ele o leu:

— 4 Disse, pois, Moisés ao faraó: Assim diz o SENHOR: Por volta da meia-noite, passarei por todo o Egito. 5 Todos os primogênitos do Egito morrerão, desde o filho mais velho do faraó, herdeiro do trono, até o filho mais velho da escrava que trabalha no moinho, e também todas as primeiras crias do gado. 6 Haverá grande pranto em todo o Egito, como nunca houve antes nem jamais haverá.

Uma adolescente branca disse:

— Todo mundo deve estar se perguntando, qual é a relação entre isso e a Páscoa? A resposta é mencionada na sequência do texto, no versículo sete.

O texto foi mostrado no quadro branco e ela o leu:

— 7 Entre os israelitas, porém, nem sequer um cão latirá contra homem ou animal. Então vocês saberão que o SENHOR faz distinção entre o Egito e Israel!

A adolescente continuou:

— A diferença entre egípcios e hebreus é a origem da Páscoa. No capítulo doze, Deus diz a Moisés as instruções para a celebração da Páscoa em casa. Há instruções sobre o preparo dos alimentos. Seria um cordeiro ou cabrito por família. O animal deveria ser abatido ao pôr-do-sol e o seu sangue colocado nas laterais e nas vigas superiores das portas das casas. Este sangue seria um sinal para o povo hebreu. A casa com ele não seria afetada pela praga.

Todos os alunos estavam muito atentos à explicação.

Um adolescente negro disse:

— Conforme o livro do Êxodo, naquela noite apenas os egípcios foram afetados pela praga. Todos os hebreus ficaram a salvo. Deus disse a Moisés que aquele dia deveria ser lembrado por todo o povo, todos os anos. Mas há uma coisa interessante sobre a data. Os judeus não usam o mesmo calendário que nós. Eles usam um calendário hebraico ou calendário judeu. Eles estão no ano de cinco mil setecentos e oitenta e dois, enquanto estamos em dois mil e vinte e dois. O calendário hebraico é baseado nos ciclos do sol e da lua, chamado de calendário lunissolar. Eles têm doze meses. Cada mês começa com o aparecimento da lua nova. E pode ter vinte e nove ou trinta dias. Devido à diferença entre os ciclos lunar e solar, este calendário tem treze meses a cada três ou quatro anos. Esta adição tem relação com a Páscoa. A celebração deve ser na primeira lua cheia da primavera do hemisfério norte, que começa em março de cada ano.

Sabrina disse:

— É por isso que a data da Páscoa é uma data que muda a cada ano. Mas este é um assunto para os outros grupos.

Os alunos aplaudiram o grupo. Em seguida foi iniciado um debate sobre o que foi apresentado.

Na próxima aula de história foi a vez do grupo de Miguel e Carla. Ele começou a apresentação:

— Meu grupo falará sobre a Páscoa cristã. Esta está ligada à Páscoa judaica. A Páscoa cristã é a data mais importante para os cristãos, e este dia determina outros feriados religiosos. A data exata dos eventos que originaram a Páscoa não é conhecida, mas foi aproximadamente entre trinta e trinta e três depois de Cristo. Tudo está ligado a uma pessoa que sei que a maioria de nós já ouviu o nome, Jesus Cristo. A celebração da Páscoa não foi determinada por ele. Mas ele é a causa.

Um adolescente negro disse:

— A história de Jesus Cristo está na bíblia cristã. Sua vida é mencionada nos textos ou evangelhos de Mateus, Marcos, João e Lucas. Cada autor tem uma visão única de sua vida, e cada um completa o outro. De acordo com esses livros, Jesus é a encarnação de Deus, em outras palavras, ele é Deus em forma humana. Ele era um judeu que ensinou muitas pessoas sobre a religião judaica. Seus ensinamentos não foram bem recebidos pelas autoridades religiosas daquela época, que o prenderam e o mataram na crucificação. E depois de três dias, Jesus ressuscitou. Esta é a crença central dos cristãos, a morte e ressurreição de Jesus Cristo. Esses eventos são a origem da Páscoa cristã.

Uma adolescente branca disse:

— Vamos detalhar os eventos para entender sua

relação com a Páscoa. Jesus tinha doze discípulos que ficaram com ele a maior parte do tempo. Na quinta-feira, eles se reuniram na cidade de Jerusalém e cearam. Esta ceia é conhecida como a Última Ceia. Imagino que a maioria de nós já tenha visto uma pintura sobre isso. É uma pintura de Leonardo da Vinci.

A pintura foi mostrada no quadro branco.

A garota continuou:

— A pintura se chama A Última Ceia porque foi a última vez que Jesus comeu com seus discípulos. Naquela madrugada, Jesus foi preso e acusado pelos líderes judeus. Ele foi condenado à morte na sexta-feira. Naquela época, o Império Romano governava o país e a pena de morte era por meio da crucificação.

Tiago se levantou e disse:

— A crucificação era um processo muito doloroso e humilhante. O condenado tinha que carregar uma cruz de madeira pela cidade até o lugar onde seria crucificado. A pessoa era pregada na cruz com pregos de ferro. A cruz era levantada e a pessoa ficava lá até sua morte, o que podia levar dias ou semanas.

Os alunos ficaram um pouco chocados com a

explicação. Tiago se sentou e um adolescente branco disse:

— Há um detalhe muito interessante sobre tudo o que aconteceu com Jesus Cristo. Os eventos coincidiram com a Páscoa judaica. Aquele fim de semana seria uma celebração para os judeus. Por causa disso, os líderes pediram aos romanos que quebrassem as pernas de Jesus e dos dois prisioneiros com ele. Desta forma, eles morreriam rapidamente. Mas conforme os evangelhos, Jesus deu seu último suspiro e morreu antes que quebrassem suas pernas. Os outros presos tiveram as pernas quebradas e morreram no mesmo dia. O dia da crucificação é a Sexta-feira Santa. E Jesus ressuscitou no terceiro dia, domingo de Páscoa. Após a ressurreição, Jesus permaneceu na Terra por muitos dias e, então, foi elevado ao céu. Todos esses eventos são a base para os feriados que conhecemos hoje em dia.

Um adolescente negro disse:

— A definição dos feriados foi muitos anos após esses eventos. A primeira definição foi no Primeiro Concílio de Nicéia em trezentos e vinte e cinco depois de Cristo. Foi um concílio de bispos cristãos na cidade de Niceia, uma província do Império Romano, que hoje é uma cidade da Turquia. O concílio decidiu que a data da Páscoa seria o primeiro domingo após a primeira lua cheia da primavera, entre vinte de março e vinte e cinco de abril, considerando as estações do hemisfério norte. Esta data é baseada no calendário juliano, usado naqueles dias. Este calendário é muito semelhante ao nosso. Com a definição da Páscoa, é possível decidir as outras datas, como Carnaval, Quaresma e Corpus Christi.

Carla disse:

— O primeiro, o Carnaval, é muito conhecido por nós brasileiros. Todo mundo sabe sobre a festa nas ruas.

Uma imagem do Carnaval foi mostrada no quadro branco.

Ela continuou:

— Segundo a história, esta festa é uma forma de dizer adeus à felicidade, porque virão quarenta dias de jejum, oração e penitência para muitos cristãos, a Quaresma. Este período representa o tempo em que Jesus Cristo estava jejuando no deserto antes de iniciar suas atividades de ensino e pregação. Muitas igrejas cristãs observam a Quaresma, no Brasil, a mais famosa é a católica, onde há algumas observâncias durante esses dias. O período da Quaresma começa na Quarta-feira de Cinzas e termina na Quinta-feira Santa, dia da Última Ceia. O último feriado relacionado à Páscoa é a Festa de Corpus Christi, que significa a Solenidade do Santíssimo Sacramento do Corpo e do Sangue de Cristo. Esta festa é celebrada sessenta dias depois da Páscoa, simbolizando o corpo e o sangue de Jesus Cristo através do sacramento da Eucaristia. Algumas igrejas cristãs o celebram. Acho que terminamos aqui.

Os alunos aplaudiram. E expressaram suas opiniões sobre o que aprenderam.

Na próxima aula de história foi a vez do grupo de Daniel. Ele começou a apresentação:

— Meu grupo vai falar sobre a Páscoa que todo mundo conhece. Páscoa com coelhinho da Páscoa e chocolate. Acho que meu grupo não terá histórias interessantes como as dos grupos anteriores. O Coelho da Páscoa tem sua origem na Alemanha, pelos luteranos, uma igreja protestante. Seu trabalho original era julgar o comportamento das crianças antes de uma festa religiosa. Este papel é semelhante ao Papai Noel. A lenda também diz que o coelho carregava ovos coloridos, doces e brinquedos em sua cesta. O coelho dava presentes às boas crianças. Outra semelhança com o Papai Noel.

Uma adolescente branca disse:

— Sobre os ovos, há mais história. As celebrações com ovos são muito habituais desde antes da Páscoa cristã. Os ovos eram um símbolo tradicional de fertilidade e renascimento em muitas culturas. E era costume dá-los às pessoas no início da primavera. Desde os tempos antigos, as pessoas já pintavam e decoravam os ovos para destacá-los. Tudo estava simbolizando um tempo novo e mais feliz, a nova estação.

Um adolescente negro disse:

— No início do cristianismo, muitas pessoas coloriam ovos com cor vermelha em memória do sangue de Cristo derramado na cruz na crucificação. Na idade média, a igreja cristã adotou o costume dos ovos como símbolo da ressurreição de Jesus Cristo. Outra coisa que torna os ovos especiais é que havia uma proibição para os cristãos, eles não podiam comer ovos durante a Quaresma, no entanto, eles podiam comer na Páscoa. Aqui, temos uma semelhança com o hábito de comer ovos de chocolate no domingo de Páscoa. Os primeiros ovos de chocolate foram feitos no século dezenove, em Turim, Itália. Uma mulher colocou chocolate derretido em cascas de ovos de galinha.

Um adolescente branco disse:

— Ela fez os primeiros ovos de chocolate caseiros, e fizeram sucesso em sua cidade. Mas a primeira fábrica a produzir em grande escala foi no Reino Unido em mil oitocentos e setenta e cinco. As pessoas gostaram, e a produção cresceu. Hoje é uma tradição comum em muitos países dar ovos de chocolate na Páscoa. A associação com o Coelho da Páscoa é devido à lenda sobre os presentes para crianças boas. Acho que é o fim da história da Páscoa.

Os alunos aplaudiram. Cada um do grupo se sentou em seu lugar. Tiago se levantou e disse:

— Tenho certeza de que todos vocês aprenderam muitas coisas sobre a história da Páscoa. Cada grupo explicou um pedaço da história. Todos puderam entender que tudo o que temos hoje é uma construção de muitos anos. Após este trabalho escolar, todos vocês podem olhar para um calendário e saber o motivo de haver alguns feriados. Esse é o papel da escola, ensinar a todos vocês coisas relevantes. Agradeço a todos pelo empenho em realizar este trabalho. Vocês merecem os aplausos.

Tiago aplaudiu e os alunos o acompanharam.

O que está errado com os cristãos?

"Não consigo entender o que aconteceu com minha igreja." Maxuel pensava. "A cada ano de eleição federal ou municipal, o pastor traz alguns candidatos aqui para falar durante o culto."

Havia dois homens brancos de meia-idade no púlpito da igreja. Eles usavam ternos. Um deles era o pastor José, e o outro, era o político convidado.

Maxuel estava sentado em um banco de madeira. O prédio era grande, com capacidade para receber mais de trezentas pessoas, e quase todos os assentos estavam ocupados. Tudo era novo porque a construção havia acabado há alguns meses. Maxuel era um jovem negro de pele morena, olhos castanhos e cabelo preto curto.

"O pastor sabe que é errado trazê-los aqui porque existem leis contra campanhas políticas em todos os tipos de templos religiosos. Então, ele os traz como membros, sem menção a partidos políticos ou outras coisas que caracterizem crime. Acho isso muito contraditório porque meu pastor sempre diz que temos que respeitar as autoridades e as leis, mas parece que ele quer respeitar apenas o que convém. Ele quer obedecer ao que é bom para ele."

O pastor José disse com entusiasmo:

— Povo de Deus, aqui está o senhor Antônio. Ele é um político enviado por Deus. Ele faz muitas coisas boas para nossa nação!

Havia muitas pessoas dizendo palavras de agradecimento e glorificando a Deus.

Maxuel pensou:

"Tenho certeza de que ele não é um político enviado por Deus. Esse cara nunca fez nada pelas pessoas. Ele foi eleito há quatro anos e não apresentou nenhum projeto. Ele é apenas um político como os outros. Todos eles só querem poder, grandes salários e muitas gratificações. E o pior, este aqui sempre destaca que é cristão. Ele está colocando o Santo Nome de Deus em uma coisa tão suja, a política."

José disse:

— O Antônio veio aqui porque ele sempre defende o que é certo e o que é melhor para o Reino de Deus!

Novamente, havia pessoas dizendo palavras exaltando a Deus.

Maxuel balançou a cabeça em sinal negativo e pensou:

"Pastor José, está brincando comigo? Ele só defende a mesma coisa que todos os moralistas-conservadores hipócritas defendem. Ele nunca defendeu nada como o fim da pobreza, melhorias no sistema de justiça, direitos humanos e coisas assim."

José deu-lhe o microfone. Antônio disse com entusiasmo:

— Irmãos e irmãs. É ótimo estar aqui. Todo mundo sabe que esta igreja é minha segunda casa.

"A igreja virou teatro?" Pensou Maxuel. "Ele nunca vem aqui. Ele só vem fazer campanhas políticas. Acho que sua última visita foi há quatro anos, em outro ano eleitoral."

Antônio disse:

— Sou servo do povo! E estou na política porque Deus me colocou lá. — Ele enfatizou. — Todas as autoridades foram estabelecidas por Deus. É bíblico.

O povo aplaudiu seu discurso.

"A autoridade estabelecida por Deus é a hierarquia entre os seres humanos. Deus não estabeleceu o político.

Para isso, temos eleições democráticas, nas quais as pessoas escolhem seus políticos. Se Deus estabelecesse os políticos, teríamos apenas pessoas boas, e aqueles que desobedecessem à palavra de Deus seriam mortos. É bíblico." Maxuel sorriu.

Antônio continuou:

— Este ano vou tentar mais um passo. Estou concorrendo a governador do estado!

Essas palavras provocaram euforia na igreja. Muitas pessoas gritaram:

— Aleluia!

— Glória a Deus!

Ao contrário de todos os outros, Maxuel pensou:

"Pai, perdoa-lhes, pois não sabem o que estão dizendo."

— Governando o estado, terei mais influência para fazer a obra de Deus.

"Você quis dizer: governando o estado, vou conseguir mais dinheiro, poder e influência. E talvez um dia eu me candidate à presidência do Brasil. É patético. Minha vontade é me levantar e gritar: "Isso é uma igreja, não um palanque político! Saia daqui! Mentiroso!" Mas já notei que as pessoas aqui querem ouvir o que ele está dizendo. Se eu me levantasse, seria expulso da igreja como alguém possuído por um demônio. Já ouvi o bastante. Eu não aguento mais.

Maxuel se levantou de seu banco, foi para a parte de trás da igreja e foi embora.

No dia seguinte, o pastor José ligou para Maxuel no celular. Ele estava em casa, jogando videogame na sala. Ele disse:

— Olá, pastor.

— Olá, Maxuel. Como você está?

— Estou bem, e senhor?

— Também estou bem. Liguei para saber por que você saiu da igreja antes do final do culto?

"Oh meu Deus! Achei que tinha ido embora sem que ninguém percebesse, mas me enganei."

Ele respondeu em tom calmo:

— Pastor, para mim, o culto terminou quando você convidou o político para o púlpito.

José sorriu e disse:

— Tudo bem. Você não gosta de política.

— Na verdade, eu gosto, mas não gosto de envolver

política com religião. Desde a época de Jesus, essa é uma combinação perigosa e pecaminosa.

"Eu já disse isso a ele em outras ocasiões. Mas acho que ele espera que eu tenha mudado de ideia."

— Entendo seu ponto de vista e respeito.

Maxuel pensou aliviado:

"Graças a Deus, ele não vai começar uma discussão."

— Muito obrigado, pastor.

— Além disso, está tudo bem com você?

— Sim.

— Graças a Deus por isso. Se você precisar de algo ou precisar conversar, pode contar comigo.

— Certo. O senhor é um excelente pastor.

— Sempre me importo com meu rebanho.

"Ele tem razão. Toda vez que alguém precisa de ajuda com algo, ele está sempre disponível."

— Obrigado por sua dedicação.

— Maxuel, vejo você no próximo culto?

— Claro! Farei o possível para estar lá.

— Estarei esperando por você.

— Até mais.

Eles desligaram e Maxuel continuou jogando

videogame.

Dias depois, Maxuel estava em outro culto. Outro pastor estava pregando. Um homem negro de meia-idade estava no púlpito. Ele disse em tom enérgico:

— Há pessoas na igreja vivendo em pecado! Eles estão longe dos caminhos de Deus.

Algumas pessoas na igreja gritaram:

— Que Deus tenha misericórdia de nós!

Maxuel pensou:

"Sei o que essas palavras significam. Ele fará uma coisa terrível. Ele vai expor a vida das pessoas."

O pastor continuou no mesmo tom:

— Sei que alguns casais de namorados estão fazendo sexo. Eles estão se desonrando. O sexo é para o casamento!

"Pastor, por favor, pare com isso. Você não precisa expor ninguém."

— Não quero dizer nomes, mas são pessoas com alguns cargos em nossa igreja.

"Nem precisa dizer nomes porque todos sabem quem são os casais com cargos na igreja."

Maxuel olhou em volta e viu uma jovem chorando

com as mãos no rosto.

"O pastor deve estar feliz porque conseguiu o que queria. Ele expôs uma pessoa para toda a igreja. E ela está chorando, envergonhada."

Ele continuou:

— Todo mundo sabe o que acontece quando as pessoas vivem em pecado. Alguns membros da igreja se lembram de um caso passado.

"Deus, me perdoe, mas está difícil frequentar os cultos. Cada vez há algo errado. Ele vai falar sobre um casal de namorados que a garota engravidou, e eles se casaram imediatamente. Parece que este pastor tem orgulho de contar a história. Ele sempre enfatiza que não queria celebrar o casamento, e o fez por consideração às famílias do casal. Ele já contou essa história muitas vezes. Estou cansado de ouvir."

O pastor contou a história como Maxuel havia pensado. Durante a história, Maxuel pensou:

"Parece que o pastor não aprendeu o que Jesus disse sobre o perdão. Na história da mulher surpreendida em adultério[6], Jesus disse que somente aqueles que não

---

[6] João 8:1-11

tinham pecado poderiam apedrejar aquela mulher, e todos foram embora porque eram pecadores. Na verdade, todas as pessoas são pecadoras diante de Deus, nenhum de nós pode julgar os outros. Mas ele não aprendeu isso durante sua vida."

Após a história, o pastor disse em tom sério:

— A igreja de Deus não pode aceitar nenhum tipo de pecado. Todo aquele que pecar deve ser exposto para sua própria vergonha.

"Você acabou de pecar, pastor. Você mentiu. Você não aceita os pecados de alguns membros, mais especificamente os pecados dos membros pobres. Mas os pecados dos membros ricos, você os aceita e nem os menciona. A família Silva vive no mesmo pecado que você está falando. O casal não é casado, mas vivem juntos como marido e mulher, e você nunca expôs seus pecados. Em vez disso, você é um amigo próximo. Acho que seus olhos não podem ver o pecado devido ao brilho da mansão e do carro de luxo."

O pastor continuou pregando contra o pecado como se fosse um exemplo de perfeição. Maxuel ouviu tudo, mas não houve impacto sobre ele.

...

Maxuel se sentiu desapontado e sem esperança em ninguém na igreja. Mesmo assim, ele tinha fé em Deus. Ele sabia que a referência não poderia ser o comportamento das pessoas, mas a palavra de Deus.

Além dos cultos, Maxuel estava sempre estudando textos bíblicos e assistindo a muitos vídeos de pregações de pastores que considerava bons.

Dias depois

Maxuel foi à outra igreja para buscar uma alternativa à sua igreja atual.

Ele observou tudo. O comportamento dos membros, as canções, o pastor, etc.

Na hora da pregação, um jovem branco subiu ao púlpito. Ele disse:

— Vamos abrir nossas bíblias no livro de Mateus, capítulo vinte e quatro, versículos quarenta e dois a cinquenta e um.

Ele olhou para todos e percebeu que eles haviam encontrado o texto. Ele leu:

— "Portanto, vigiem, porque vocês não sabem em que dia virá o seu Senhor. Mas entendam isto: se o dono da casa soubesse a que hora da noite o ladrão viria, ele ficaria de guarda e não deixaria que a sua casa fosse arrombada. Assim, vocês também precisam estar preparados, porque o Filho do homem virá numa hora em que vocês menos esperam. "Quem é, pois, o servo fiel e sensato, a quem seu senhor encarrega dos de sua casa para lhes dar alimento no tempo devido? Feliz o servo que seu senhor encontrar fazendo assim quando voltar. Garanto-lhes que ele o encarregará de todos os seus bens. Mas suponham que esse servo seja mau e diga a si mesmo: 'Meu senhor está demorando', e então comece a bater em seus conservos e a comer e a beber com os beberrões. O senhor daquele servo virá num dia em que ele não o espera e numa hora que não sabe. Ele o punirá severamente e lhe dará lugar com os hipócritas, onde haverá choro e ranger de dentes.

— Neste texto, Jesus fala com seus discípulos sobre o tempo em que ele voltará. Não é uma data marcada no calendário. Jesus disse que ninguém sabe quando será, mas todos precisam ficar atentos. Significa que todos precisam viver uma vida justa, longe dos pecados e das coisas erradas.

"Graças a Deus! Finalmente, uma boa pregação."

— Jesus disse que todos devem estar prontos para esse dia. Ele compara nossas vidas como um servo de um senhor. Este servo está encarregado de tudo de seu senhor, e ele deve cuidar de todas as coisas. Jesus nos colocou no comando de muitas coisas, e devemos nos preocupar com elas. Precisamos viver de acordo com sua palavra e pregar o evangelho para aqueles que não o conhecem. Jesus espera que sejamos encontrados entre os servos fiéis.

O homem pregou sobre muitos deveres e responsabilidades cristãs. Ele também pregou sobre seguir o caminho certo e a dedicação ao Reino de Deus.

Maxuel ficou surpreso com aquela pregação. Fazia muito tempo que ele não era tão impactado. Ele pensou:

"Deus, precisamos de mais pastores como este. Ele é incrível e fala de acordo com sua palavra."

Após o término da pregação, Maxuel foi ao banheiro. Ele estava em uma cabine arrumando suas roupas. Dois homens entraram no banheiro. Um deles disse em tom sério:

— Esta pregação foi incrível. — Em seguida disse em

tom irônico: — Para aqueles que não conhecem o pregador.

Eles riram e o outro homem disse:

— Ele falou muitas coisas interessantes, é uma pena que ele não possa aplicar isso em sua vida.

— Minha namorada é irmã dele, e ela disse que ele nunca lê a bíblia nem tem interesse em nada sobre o Reino de Deus. Ele fica jogando no telefone o dia inteiro.

— Não sei por que o pastor permite que ele pregue. Acho que ele é o pior membro da igreja.

O homem disse em tom sério:

— Sei por que o pastor o permite. Seu pai é o maior contribuinte da igreja. É como uma troca de favores.

O outro disse em tom triste:

— Estou ficando cansado dessas coisas na igreja. Parece que ninguém se compromete com a verdade. Tudo é politicagem, hipocrisia, favores, etc.

— Parece que eles não acreditam no que pregam.

"Deus, retiro o que disse. Não precisamos de pastores como aquele."

Maxuel ficou triste com o que ouviu. Aquele que pregou uma boa mensagem vivia longe do que dizia. E não era a primeira vez que ele sabia de algo assim...

Depois de alguns dias, Maxuel estava em outro culto em sua igreja. Desta vez não era um pastor que estava pregando, era um membro da igreja convidado pelo pastor. Este membro era um homem negro de meia-idade. Ele disse em tom calmo:

— Irmãos e irmãs, vamos abrir nossas bíblias na primeira carta de Timóteo, capítulo dois, versículos nove e dez.

Ele esperou que os membros encontrassem o texto e o leu:

— Da mesma forma, quero que as mulheres se vistam modestamente, com decência e discrição, não se adornando com tranças e com ouro, nem com pérolas ou com roupas caras, mas com boas obras, como convém a mulheres que declaram adorar a Deus.

Maxuel pensou:

"Acho que sei o que ele vai dizer. Ele é a única pessoa que ainda fala sobre isso."

Ele disse:

— A instrução da palavra de Deus é clara e direta. As mulheres devem se vestir modestamente, com decência e discrição. Mas o que o escritor quer dizer com essas palavras? Qual sua aplicação em nossos dias? Vou contar uma história sobre roupas e mulheres.

Maxuel pensou desanimado:

"Uma história sobre os velhos tempos."

— Tenho cinquenta anos e vi algumas mudanças na sociedade. As mulheres não se vestiam como hoje. Eram mulheres discretas. Você não via o tipo de roupa que você vê hoje. As mulheres vestiam apenas roupas largas. Eram mulheres decentes. O tempo passou, e ano após ano, as roupas diminuíram de tamanho e, além disso, as roupas estão mais apertadas. Hoje, as mulheres andam na rua quase nuas, com micro camisas e shorts. Elas não se respeitam. Parece que toda mulher quer ser desejada pelos homens.

O homem continuou falando sobre roupas femininas por um longo tempo. Maxuel se cansou desse assunto.

Após o culto, Maxuel estava caminhando para sua casa. Uma jovem negra o acompanhava. Ele disse:

— Seu irmão adora falar sobre o estilo das roupas, principalmente sobre estilo feminino.

Ela suspirou e disse em tom nervoso:

— Ele é ridículo!

— Meu Deus! Você parece muito zangada.

— Ele sempre tem esse falso moralismo! — Ela continuou no mesmo tom. — Ele não se importa com a decência das mulheres. Ele disse essas coisas porque não consegue se controlar.

Maxuel ficou surpreso:

— Como assim?

— Maxuel, o que você sente quando olha para uma mulher com roupas mais justas?

— Vontade de continuar olhando — ele disse um pouco desconfortável.

Ela sorriu e disse:

— Não precisa ter vergonha, você é homem, e os homens fazem isso. E meu irmão não é diferente.

— Então, qual é o problema?

— O problema é que meu irmão culpa as mulheres por seu comportamento. E ele é um sem-vergonha! Se ele vê uma mulher bonita, ele fica olhando para ela por um longo tempo. Um dia, eu estava voltando para casa de ônibus e passei perto de um lugar onde as pessoas correm e caminham. Eu o vi andando, e quando ele viu uma mulher correndo com calça legging, ele parou, se virou e ficou olhando. E esta não foi a única coisa que ele fez. Outro dia, convidei uma amiga da faculdade para ir à igreja, e ela veio com um vestido longo e mais justo. Meu irmão pregou o tempo todo olhando para ela. Se ele fosse solteiro, seria muito estranho e pecado. Mas ele é casado. É ainda mais pecado e repugnante.

Maxuel estava assustado com suas palavras. Ele pensou:

"Deus, sei que não sou um modelo de homem nessas questões. Mas sinto que estou melhor que ele. Pelo menos sou solteiro."

— Eu não sei o que dizer.

— Mas eu sei. Ele é um hipócrita e mentiroso! — Ela disse nervosamente.

Maxuel disse em tom calmo:

— Não fique nervosa com ele. Ele é apenas um homem. Temos que olhar para o perfeito, Jesus.

— Eu sei. Mas é revoltante. A pessoa sobe no púlpito e diz muitas coisas. Mas vive o oposto.

— Sei o que você sente. Senti isso muitas vezes.

— Sério? Pensei que fosse a única.

— Esteja certa de que há muitas pessoas como nós. Muitas pessoas estão cansadas de mentiras e hipocrisia. Até pensei em deixar esta igreja e procurar outra.

— E por que você não fez isso?

— Acho que todas as igrejas têm o mesmo problema. Porque todas as igrejas são comandadas por pessoas.

— Então, o que podemos fazer?

— Sempre podemos pedir a ajuda de Deus. Podemos pedir a ele sabedoria para lidar com todas as situações e pessoas. Ele nos dá livremente.

Ela admirou suas palavras:

— Não sabia que você era tão sábio.

— Temos que ser sábios quando estamos vivendo entre mentirosos.

Ela sorriu e disse:

— Acho que temos muitas coisas em comum.

— Queremos a verdade, mas a verdade está ficando mais rara a cada dia...

Sobre o autor

Rafael Henrique dos Santos Lima

Graduado em Processos Gerenciais e M.B.A. em Gestão Estratégica de Projetos pelo Centro Universitário UNA. Cristão pela Graça de Deus. Apaixonado pela escrita (português, espanhol e inglês), poeta e romancista.

Contatos

rafael50001@hotmail.com

rafaelhsts@gmail.com

Blog: escritorrafaellima.blogspot.com

Agradecimento

Os sites abaixo contêm muitas informações úteis para a escrita deste livro.

Behind the Name

Google Docs

Language Tool

Agradeço ao site Freepik e ao autor Prakasit John Khuansuwan (JohnStocker) pela imagem base da capa.

Agradecimento especial

Agradeço a Deus. Ele me deu a inteligência para escrever o livro.